AF376056

Les
Trois Gallans

ET

Phlipot.

LES
TROIS GALLANS

ET

PHLIPOT,

FARCE IOYEUSSE A .IV. PERSONNAGES.

C'eſt a ſcauoir :

Trois Gallans,

Et Phlipot.

So vend place du Louure,

chez Techener, Libraire.

SOIXANTE ET SEIZE EXEMPLAIRES.

No

Paris, MAULDE ET RENOU, Imprimeurs, rue Bailleul, 9 et 11.

Les Trois Gallans

ET

Phlipot,

FARCE IOYEUSE A .IV. PERSONNAGES.

Le premier Gallant commence.

Ie m'ebays de ce sotart,

Qui ne veult, ne matin ne tart,

Rien aprendre, ne rien scauoir.

Le deuxieme Gallant.

Y n'a garde de rien auoir,

S'aprendre ne veult quelque chofe.

Le troisieme Gallant.

Mais ou eſt il ?

Le deuxieme.

Il se repofe.

Le premier.

C'eft un inocent, inocent.
Si le roy Herodes le sent,
Y luy fera couper la tefte.
Y fault solennyfer sa fefte;
Il eft aufy neuf qu'un vieil pot.
Or, sa, sa, que dis tu, Phlipot?
Mais que penfes tu faire ?

Phlipot entre.

Rien.

Le premier.

Par mon ame, ie le croys bien.

Le deuxieme.

Sy te fault il mectre a l'efay,
Que veulx tu scauoir?

Phlipot.

Ie ne scay.

Le troisieme.

Tu ne scay, iamais n'aura rien.
Que feras tu ?

Phlipot.

Ie n'en scays rien.

Le premier.

Tu n'en says rien, qu'as tu penfe ?
Comme viuras tu ?

Phlipot.

Ie ne say.

Le deuxieme.

Tu ne says; un eftron de chien !
Es tu pas sot ?

Phlipot.

Ie n'en say rien.

Le troisieme.

Tu ne says rien, c'eft bien prefche.
Veulx tu aprendre ?

Phlipot.

le ne scay.

Le premier.

Penfes tu viure sans rien faire ?

Phlipot.

Moy, et que seroi ie bien faire ?

Le deuxieme.

Sans metiers scras indigent.

Phlipot.

Ie vouldroys bien eſtre sergent,
Mais tout le monde les mauldict.

Le troisieme.

Au quel metier as tu credict?
Il y en a mille en ce monde.

Phlipot.

Sauons sur quel eſtat me fonde.

Le premier.

Phlipot, dis le nous sans defroy.

Phlipot,

Ie vouldroys bien eſtre le roy;
C'eſt un metier qui eſt honneſte,
Ie le vouldroys bien.

Le deuxieme.

Y n'eſt pas beſte.

Phlipot.

C'eſt le plus beau defus la terre.
Mais quant à meſtier de la guerre,
Et d'aler courir une lance
C'un homme renuerſe et lance,

Ie n'en vouldroys poinct.

Le troisieme.

Tu as raiſon.

Mais il eſt temps et la saiſon

D'aprendre, pour auoir du bien.

Le premier.

N'eſt il pas sauant ?

Phlipot.

Non pas donques.

Le premier.

Va, tu ne says meſtier quelconques,

·Ny chanter, eſcripre, ne lire.

Que Dieu, par sa haulte puiſance,

Donne de scauoir congnoiſance.

Y te fault a l'egliſe aler,

Et le prier, en ton parler,

Qu'il luy plaiſe, par sa bonte,

Te donner bonne volonte

De metier ou science aprendre ;

Puys on ne te saura reprendre,

Mais viuras en homme de bien.

Phlipot.

Par mon ame, vous dictes bien,
Ie m'y enuoys tout de ce pas.

Le deuxieme.

Atendes, ne vous haftes pas,
Ales deuotement au lieu.

Phlipot.

Efcoutes moy, beau sire Dieu,
Qui departes tous vos bienfais;
Faictes que soys des plus parfais,
Touchant clargie et de metier;
Car, par Dieu, i'en ay bon metier,
Ie suys aufy neuf c'un vieil pot.

Le premier.

Entends a moy, mon amy Phlipot,
Tu es en l'eftat d'ingnorance,
Ie te donne telle puiffance
Qu'en tous meftiers que tu vouldras
Incontinent maiftre seras.
Sy tu veulx eftre homme d'eglife,
Tu seras remply de clergife,
Sans a iamais docteur parler.

Sy par le pays veulx aler,

Et tu veuilles meftier choifir,

Tu en prendras a ton plaifir,

Et pouras eftre refiouy.

Phlipot.

Me le permetes vous?

Le premier.

Ouy.

Phlipot.

Foy de Dieu?

Le premier.

Voyre, droicturier.

Phlipot.

Se n'eft pas foy d'auanturier?
Ie m'y fye.

Le premier.

Ne t'en soulcye.

Phlipot.

Sire Dieu, ie te remercye

Plus de mille foys, iufque au rendre.

Ie n'auray plus befoing d'aprendre,

Ie seray clerc sans voir la leftre.

Sa, il me fault en chemin mectre,

Ainfy que Dieu m'a commande.

Le deuxieme.

Et qu'as tu a Dieu demande, Phlipot?

Phlipot.

Quoy ? iey la puifance

De cognoiftre toute sience ;

De quelque meftier que peult eftre,

Incontinent ie seray maiftre,

Sans plus, pour un seul mot parler.

Par le pays m'en fault aler,

Pour voir lequel me sera bon.

Le troisieme.

Dieu vous a faict un tres beau don,

Ales faire voftre mefage.

Le premier.

Au moins, quant vous seres sy sage,

Que quelque don vous soyt donne.

Phlipot.

Taifes vous, car i'ey ordonne

Se que n'ay pas loyſir de dire.

Il m'en fault aler.

Le deuxieme.

Adieu, syre, pouruoyes nous en voſtre regne.

Phlipot.

Auſy ferai ge.

Les Galans ensemble.

Ie le croys.

Phlipot.

Moy, i'en ay la bulle et la croix,

Ainſy que Dieu me l'a aprins.

Le premier.

Qu'en dictes vous? eſt il pas prins,

A voſtre aduys?

Le deuxieme.

Prins, vrayment, voyre.

Ie cuyde qu'il n'eſt pas memoyre

Qu'il n'en fuſt poinct un sy sotart.

Le troisieme.

Sy sera bien deſus le tart

D'auoir ce qu'il veult entreprendre.

Le premier.

Encor le fault il myeulx prendre,

Qui vouldra croire mon confeil?

Le deuxieme.

Comment?

Le premier.

Poinct n'en eft de pareil,

Ie vous le diray maintenant :

Vous saues qu'en chemynant,

On eft laffe deuers le soir;

On ne demande qu'a s'afoir.

Quant en quelque lieu il sera

Tout partout il regardera

Quel metier luy sera le myeulx.

Or, ne sera il enuyeulx,

De cefte heure, que de repos ;

Et pour entendre le propos,

Et sans trop vous en babiller,

Nous irons tous trois abiller

En cordonnyer, varles seres

Et moy meftre, vous aferres ;

Et quant a repos vous voira,

Ie suys certain qu'il requiera

A Dieu que cordonnyer puiffe eftre ;

Et lors penfera eftre maiftre,

Et demandera sans songer

Incontinent a befongner,

Pour cuyder repaiftre son corps.

Le deuxieme.

A tous ie suys de vos acors,

Y n'en peult sortir que soulas.

Phlipot.

A ! benoift Dieu, que ie suys las

De chemyner, a ! benoift Dieu !

Y me fault trouuer quelque lieu

Ou pouray viure sans rien faire.

Toutes foys il me fault parfaire

Se voyage que Dieu m'a dict,

Car i'ey enuers luy bon credict.

Il m'a iure sa concience

Que de luy aurai la puiffance.

Il ne se pariurera poinct.

Le premier.

Or sa, nous voiela bien empoinct ;

Sees vous la, et que ie taille.

Le deuxieme.

Vous voires dyuerſe bataille,
En forme, ce soulier, en forme.

Le troisieme.

Et toy meſmes ne tiens poinct forme
De careler.

Le deuxieme.

A luy m'en raporte.

Le troisieme.

Tout beau, il eſt pres de la porte ;
Nous pourrons eſtre copies.

Phlipot.

A, Ieſſus! la plante des pies,
Elle me deult teriblement.
Par mon ame, c'eſt grand tourment
D'eſtre laquet, Ieſſus! quel paine.
Pour me repoſer la sepmayne,
Voerai ge meſtier qui me plaiſe ?
Les gens sont aſis a leur aiſe,
Et ie suys las de chemyner ;

Dieu veuilles en determyner,
Ainſy que vous l'aues promys,
Et que ie soys cordonnyer mys,
Ainſy abille c'un leuryer.
Sa, de par Dieu, ie suys ouurier ;
Car i'ey senty a la requeſte,
Entrer la sience en ma teſte
Groſſe comme le muſeau d'un veau ;
Ie suys cordonnyer fort nouueau.
Mais puyſque Dieu, par sa puiſance,
M'a mys au cerueau la science,
Ses soulliers ne luy couſteront rien.
Ie m'en voy la, ie voieray bien
S'il a au deſus moy regart.
Dieu vous gard, maiſtre.

Le premier.

Dieu vous gard.

Phlipot.

Et vous ?

Le deuxieme.

Et vous, mon amy ?

Phlipot.

Aues vous marchant ne demy,

Ou quelque bon ouurage a faire?

Le premier.

Et ouy, dea, que saues vous faire ?

Phlipot.

Y n'eſt choſe que ie ne face.

Le deuxieme.

Sainct Creſpin t'a monſtre la trace

De beſongner ?

Phlipot.

Non ; a ! c'a eſte Dieu ?

Or, vous aſieſes en ce lieu ?

Phlipot.

Suys ie ouurier ?

Le troisieme.

Y faict double rage,

Et prent de beſongner grant courage

Poinct n'en va de tel par pays,

Il eſt bon ouurier.

Phlipot.

Aſy suys.

Ie suys cordonnyer plain de gloire.
Celuy qui m'a donne memoire,
Ouy, c'eſt Dieu qui me l'a aprins.

Le deuxieme.

Vrayment, il emporte le pris.

Le premier.

C'eſt sans poulcer, ne soupirer.

Le troisieme.

Certes, y faict rage de tirer
Le lygnon.

Le premier.

Quelz bras !

Le deuxieme.

Quelle puiſſance !
Mon serment, il tire a oultrance.
Voecy un gentil compaignon.

Phlipot.

Ie ne suys pas le plus mignon
Du monde ; mais i'ey aſes force.

Le troisieme.

Voyes comment il s'y efforce,
On ne le voict poinct a ce jour.

Le premier.

Il en feroyt plus en un iour
Que vos deulx ne feries en quatre.

Phlipot.

Y ne vous en fault, ia, debatre
A eulx, sy i'emporte le pris.

Le premier.

Et pourquoy ?

Phlipot.

Car Dieu me l'a apris,
Ie ne seruys onques autre maiftre.

Le deuxieme.

Dame, il eft bien vray, sy peult eftre :
Or, regardes comme il en sue.

Le troisieme.

Le poure compaignon se tue ;
Il se lafe. l'en ay efmoy,
Tenes.

Phlipot.

Ie me lafe, qui, moy ?
Cela eft afaire a coquins.

Le premier.

Combien feries vous bien de broudequins
En un iour?

Phlipot.

I'en feroys bien neuf,
Mais que le cuir fut doulx et neuf,
Et qui n'y euft c'une coufture.

Le deuxieme.

C'eft grand chofe que de nature,
Ie n'en says pas tant d'une toyfe.

Phlipot.

Maiftre, vous playt il que ie voi ge
Un peu a l'efbat?

Le premier.

Ouy bien.

Phlipot.

Helas! ce meftier ne vault rien.
An! Iefus, mes bras sont tranfis,
Le cul me fait mal d'eftre afis,
Mes mains du lygnon empougner;
Le meftier eft de trop grant peine.

Le premier.

Que faict il ?

Le troisieme.

Par saincte Madelaine !
Mon serment, il eſt deiga las,
Il ne trouue poinct de soulas
En ce meſtier, a bref parler.

Phlipot.

Maiſtre, ie m'en veulx en aler.

Le premier.

Vous saries vous plus sy tenir ?

Phlipot.

Dea ! ie pouroys bien reuenir;
Au deable le lygnon d'enfer.

Le premier.

O ! ie renonce, Lucifer !
Sy n'eſt trop plus sot c'une aneſſe;
Faiſons luy quelque autre fineſſe
La ou il ne peult trouuer deuiſe.
Saues vous de quoy ie m'auiſe ?
Ie le vous dirai sans contens :

Les auanturiers ont bon temps
Quant ilz sont parmy ces villages,
Et font soüuent de gros dommages.
Afin que le cas myeulx s'aſorte,
Abillons nous tous d'une sorte.
Tu t'abilleras en paiſan ;
Or, luy sera le cas plaiſant
De voir que supedicterons
Le payſant, et demanderons
Des viures; lors il vouldra eſtre
De noſtre eſtat.

Le deuxieme.

C'eſt dict en maiſtre.
Alons, et qui soyt ainſy faict,
Ie seray gendarme parfaict ;
Ie me voys boutter en pourpoinct.

Le troisieme.

Sa, ne suys ge pas bien empoinct?
Mon eſprit n'eſt il poinct volage ?

Le deuxieme.

Et moy, sentai ge mon village,
A voſtre aduis?

Le premier.

Semble ouy.

Nous le rendrons tout reſiouy,

De parler sans plus.

Le deuxieme.

Attendons,

Et a noſtre cas entendons,

Et regardons quant il viendra.

Phlipot.

Mauldict soyt il qui se tiendra

Iamais sy subiect que i'eſtoye;

Il me fault trouuer quelque voye,

Tant que bien me puiſſe auenir.

Le premier.

Or sus, le vecy reuenir,

Beſongnons, faiſons des alarmes·

Phlipot.

A ! Ieſſus, voyla des gens d'armes.

Ou me mucheraig roy diuin.

Le premier.

Sus, vilain, sus, ales au vin,

Et qu'on m'aporte du milleur;

Et qu'il ayt belle couleur,

Ou ie vous rompray la teſte.

Le deuxieme.

Et, monſieur !

Le troisieme.

Vilain, deſhoneſte,

Caquetes vous ?

Le deuxieme.

Et i'en voys querre.

Phlipot.

C'eſt grant choſe que de la guerre.

Le premier.

Que nous ayons de beaulx chapons.

Le deuxieme.

Ie n'en ay poinct.

Le troisieme.

Sy nous te hapons, par la mort !

Le deuxieme.

Et ne iures poinct.

Phlipot.

Sy ie puys eſtre, en ce poinct,

Gendarme, pourquoy ne seray ?

Tantoſt que Dieu ie requèray,

Ie seray hardy comme un lieure.

Le premier.

Auance toy, que forte fieure

Te puiſe serer le menton !

Que fais tu ?

Le deuxieme.

Vous aures un mouton

Qui sera gras, les pies, la teſte.

Phlipot.

Sire Dieu, ie te fais requeſte

Que ie soys gendarme caſe,

Et que iamais ne soys caſe.

Et que perſonne ne me bate,

En quelque lieu ou ie frape,

Ie t'en requiers tant que ie puys,

Et que ie voye, sy ie le suys ?

Ouy, car Dieu n'eſt poinct menteur,

Ie suys gendarme, mais i'ey peur.

Irai ge vers eux ? ie ne say,

Ie n'oſeroys faire l'eſay,

Car i'ey doubte qui me turoyent.

Comment, tuer! y n'oferoyent,

Suys ie pas gendarme de Dieu?

Ie me voys aprocher du lieu

Sur un courcier ou un poulain,

Ie suys pres.

Le premier.

Demeure, vilain, a mort!

Phlipot.

A mort, dea, atendes,

Et a tout le moins demandes

Sy ie me veulx defendre ou non.

Le troisieme.

Sangbieu! puyfque nous vous tenons,

Vous payeres l'efcot pour tretous.

Phlipot.

Ie suys gendarme comme vous,

Par ma foy, la chofe eft certaine.

Le premier.

Qui eft voftre capitaine?

Phlipot.

Dieu, qui me pafe a la montre,

I'en ay les armes.

Le troisieme.

Or, les monſtre.

Phlipot.

Compaignon, entendes que ie dis :
Ie les leſſay en paradis
Quant fus paſe aduenturier.

Le premier.

C'eſt un gendarme droicturier,
Puyſqu'en paradis fuſt paſſe.

Phlipot.

Mon harnoys eſt tout caſſe ;
Mais vous m'en donres bien quelque un.

Le troisieme.

Taiſes vous, i'en ay icy un
Qui en vauldroyt bien un millier.

Le premier.

Ne seroyt il pas cheualier,
A voſtre aduys ?

Phlipot.

Ie croys que ouy.

Le premier.

Seurement, i'en suys reſiouy,
On en empliroyt un plain pot.
Com aues vous non ?

Phlipot.

Phlipot.

Le premier.

Meſſire Phlipot s'apelle.
Puyſque la monſtre eſt sy belle,
Ou vous aues eſte receu ?
Et auſy que i'ey aperceu
Que se vaillant plain de babille.
Venes sa, que ie vous abille
De quelque harnoy qui vous vaille.

Phlipot.

Ie le vous rendray, ne vous chaille,
Mais que vous soyes priſonnyer.

Le troisieme.

Il n'eſt poſible de nyer
Qu'il ne soyt un grand perſonnage.

Phlipot.

Ou eſt ce villain de village?
Qui me chaufe ma bringandine.

Le premier.

Luy? au deable! y n'eſt pas digne;
Veſtir un genderme de Dieu.

Le troisieme.

Ie ne sache en ce monde lieu
Ou nous n'entrons du premier coup.
Ie croys que vous saues beaucoup
De la guerre.

Phlipot.

Pas ne veulx nyer
Que n'ayes eſte cordonnyer,
Une foys ie le cuyday eſtre;
Mais pour ce que ie suys un maiſtre
En guerre, Dieu ne le voulut pas.

Le premier.

Il y fault aler par compas,
En guerre.

Phlipot.

Et quoy donques?

Le troisieme.

Il dict vray, et sy n'y fuſt onques,
De moy seras entretenu.

Le deuxieme.

Or sa, meſire, ie suys venu.
Voyela du vin.

Le premier.

Eſt il bon?

Le deuxieme.

Voyre.

Le premier.

Vilain, il ne vault rien qu'a boyre.
Va en querir d'aultre.

Le troisieme.

Va, tire.

Phlipot.

Et te le feras tu tant dyre?
Ie te donray de ma salade.

Le deuxieme.

Et, monſieur, vous series malade.

Phlipot.

Di ge sur la teſte une empoulle ?

Le premier.

Que i'aye une graſſe poulle,
Et quelque bon friant morceau.

Phlipot.

Que i'ays des gigos de pourceau,
'Et un plain pouelon de bouillye.

Le deuxieme.

Monſieur, la bouillye eſt faillye,
A la menger n'a plus de preſſe.

Le troisieme.

Et un chapon de haulte greſſe,
Et une saulce tribouillee.

Phlipot.

Que i'aye de la fourmentee
En une eſcuelle de mulet.

Le deuxieme.

Mais emportes bas et billet,
Helas ! poures gens sont honnys.

Le premier.

Que i'aye conins et perdris,
Et un tas d'aultres mes nouueaulx.

Phlipot.

Que i'aye force de naueaulx,
Des pommes et des poyres molles.

Le deuxieme.

Ieffus, que de perfonnes folles !
L'on ne vift de telz gens que vous eftes.

Le troisieme.

Que i'aye force d'alouetes,
Et quelque grand matin de lieure.

Phlipot.

Que i'aye quelque lect de chieure,
Et quelque grand vilain caille.

Le deuxieme.

Poure homme, suys ie bien taille
D'auoir du tourment bien efpais !

Le premier.

Alons nous en, laifon lay en pais ;

De Dieu soyt maudict, le vilain.

Phlipot.

Sangbieu ! sy tu auoye un poulain,
I'emporteroye la iument.

Le deuxieme.

A voftre commandement,
Mon bon seigneur.

Phlipot.

Sa, sauatier.
A ! voycy un gentil meftier.
Taifes vous, nous sommes tous riches,
Nous ne mengerons plus que miches,
Fi ! de gros pain.

Le premier.

Or sus, alons,
Et montrons ce que nous valons,
S'on dict bon adies a vos bis.

Le deuxieme.

Ie m'en voys changer mes abis,
Et seray gendarme comme eulx.

Phlipot.

O ! que nous amaſerons d'eulx
Par ces villages.

Le premier.

C'eſt bien dict.

Phlipot.

Sy quelque vilain me mauldict
En deuant, et ie le puys voir.

Le troisieme.

A ce que ie puys aperceuoir,
Vous ne queres que homme aquerre.

Le deuxieme.

Dieu gard les compaignons de guerre !

Le premier.

Ou va le galant ?

Le deuxieme.

En bataille,
Pour fraper d'eſtoc et de taille.

Le troisieme.

Nous y alons auſy.

Le deuxieme.

Or, sus,

Regardons defoublz et defus,

Sy l'armee eft pres.

Phlipot.

Pres, et comment?

Le deuxieme.

N'alons pas sy hatiuement,

Que ne soyons a la mort mys.

Phlipot.

Mort!

Le deuxieme.

Pour vray, nos ennemys

Ne sont qu'a trois ges d'arq d'icy.

Phlipot.

Ah! tu m'engendres soulcy.

Le troisieme.

Areftons et faifons bon guet,

Et ne faifons pas grand caquet,

Que l'on ne nous vienne atraper,

Car ilz viendront sur nous fraper.

Phlipot.

Frapent?

Le troisieme.

Voyre, tuer.

Phlipot.

Tout mort?

Le premier.

Non, mais tout vif.

Phlipot.

Vous aues tort

Que nous ne retournons.

Le premier.

A ! voyre

S'il eſt de retourner memoyre.

Et le preuoſt des mareſchaulx vient

Qui nous fera pendre.

Le deuxieme.

On tient qui sont apres comme vieulx loups.

Phlipot.

Ie vouldroys bien eſtre cheulx nous.

Voiecy une vye malureuſe.

Le premier.

L'artillerye eſt dangereuſe,
Car elle houſe a tous coſtes;
Pouf, pouf, c'eſt grand danger.

Phlipot.

Or, eſcouſtes :
Ie m'en revoys cheulx nos amys.

Le premier.

Puyſque a la guerre tu t'es mys,
Il te conuient l'ordre tenir.

Phlipvt.

Le deable m'y fiſt bien venir,
Ie vouldroys auoir une lance.

Le premier.

Tous ceulx qui portent la croys blanche
Sont a nous.

Phlipot.

Et ie n'en ay poinct.

Le premier.

Tient, met la sur ton pourpoinct;
Ta vye sera recouuerte.

Phlipot.

Et qu'ont les aultres ?

Le deuxieme.

Une croys verte.

Phlipot.

Or, me la venes donc mectre ;
Il n'oferoyent tel cas commectre
De fraper la croys.

Le troisieme.

Or, dormes puyfque nous sommes ariues,
Le faict nous ferons bien nous deulx.

Phlipot.

A ! mauldict soy ie sy ie veulx
Dormir.

Le premier.

.Nous alons a l'efcoufte.

Le troisieme.

Sus, Phlipot, qu'a terre on se boulte,
En atendant ce grand delict.

Phlipot.

O ! que voecy ung mauuais lict,

Ie n'y seray une sepmaine.

Que poures gens d'arme ont de paine,

En guerre, maintenant ie l'entens !

Mais aulx villages ont bon temps,

Et gros honneur et gros credict.

Le premier.

Changons de croys.

Le deuxieme.

C'eft tres bien dict,

Et alons donner une alarme.

Le premier.

Ie croy que voecy noftre gendarme

Endormy de peur, as tu faict?

Le deuxieme.

Ouy.

Le premier.

Morbieu ! tu es bien, en efaict ;

Or, prens ce cartier de dela.

A l'arme ! a l'arme !

Phlipot.

Qui effe la ?

Le troisieme.

Se sont nos ennemys.

Le premier et le deuxieme Gallant.

Tue ! tue !

Le troisieme.

Sus, Phlipot, qu'on s'euertue.

Phlipot.

Tuer ? Qui viue ! ie me rens.

Le deuxieme.

Puyſque nous sommes sur les rens,
A mort ! a mort ! ou vous rendes.

Phlipot.

A mort, a mort, dea, atendes.

Le premier.

On n'atent poinct a la bataille.

Le deuxieme.

Ie luy voys donner une taille,
Car tant endurer me defplaiſt.

Phlipot.

Et nenin, monſieur, sy vous plaiſt.

Le premier.

A ! vilain, tu viens mal a poinct.

Phlipot.

Monſieur, ne me tues poinct,
Vous series excommunye.

Le deuxieme.

Le proces vous eſt nye.

Phlipot.

Gardes, vela ma grongne.

Le premier.

Et torche.

Le deuxieme.

Et lorgne.

Le premier.

Et donne, donne, qui viue ?

Phlipot.

Viue !

Le deuxieme.

Qui ?

Phlipot.

La guerre.

Le premier.

Vilain, cries vous Engleterre ?

Phlipot.

Viue Engleterre ?

Le deuxieme.

Et Efpaigne ?

Le troisieme.

Y m'eft auys que ie me baigne.
Dict viue France !

Phlipot.

Et France aufy.

Le premier.

Et Engleterre ?

Phlipot.

Que de soucy ! Engleterre.

Le deuxieme.

Efpaigne !

Phlipot.

Efpa...

Le troisieme.

Quoy, viue France ?

Le premier.

Vilain, tout quoy.

Phlipot.

Vous me faictes de gros effors.

Le deuxieme.

Qui viue?

Phlipot.

Viue!... les plus fors.
Viuent, ie ne m'en puys tourner.
Sainct Iehan ! vous aues beau corner
Se g'y viens iamais !

Le premier.

Miferable, qui viue? qui ?

Phlipot.

Viue le deable !
Et qui sera a luy sy refponde.

Le troisieme.

Afin que on ne nous confonde,
Deffendons nous.

Phlipot.

Tu as beau huer,
Par Dieu, sy me debuoyt tuer,
Ie me leray tout mon soul batre.

Le premier.

Et ne voules vous plus combatre?
Frapes, frapes.

Phlipot.

A ! la, a ! la tefte.

Le deuxieme.

Prenes, prenes.

Phlipot.

La tempefte
Les tiennent, tant il ont les mains lourdes.

Le troisieme.

Apres.

Phlipot.

Ilz font des faulces bourdes,
En guerre sy iamais charye
Ie suys bien.

Le premier.

Qui soyt prins au piege.
Ou est le galant.

Le troisieme.

Ie ne say.
Il est ie ne scay ou trauerfe,
Et n'est pofible de l'auoir.

Phlipot.

Sainct Iehan, ilz ne me seroyent voir ;
Plus ne me tiendront en leur las.
A ! benoist Dieu, que ie suys las
D'auoir endure tant de coups !
Or, pour conclure le difcours,
Aufy congnoifance en auoir :
Celuy qui n'apele scauoir,
Et a son profit ne procure,
Et qui n'a de rien faire cure,
Chafcun le repute pour befte,
Un gros sot, a tout groffe tefte,
Puyfqu'il ne veult honneur aquerir.
C'est belle chofe d'aquerir
Scauoir quant on peult en ieuneffe,

Pour auoir repos en vielleſſe.

le prye a Dieu qui vous octroye,

Sy et laſus, parſaite ioye.

En prenant conge de ce lieu,

Phlipot, chantons pour dire adieu.

FINIS.

BIBLIOTHÈQUE ROYALE

www.ingramcontent.com/pod-product-compliance
Ingram Content Group UK Ltd.
Pitfield, Milton Keynes, MK11 3LW, UK
UKHW021136140726
13695UKWH00004B/1886